COLLECTION

DE FEU

M. MARTIAL PELLETIER

TABLEAUX

ANCIENS

BUSTE EN MARBRE

ATTRIBUÉ A HOUDON

Me CHARLES OUDART, COMMISSAIRE-PRISEUR

M. ÉMILE BARRE, EXPERT

J. Claye, imprimeur
r. S.-Benoît, 7, à Paris

CATALOGUE

DE

40

TABLEAUX ANCIENS

DES

ÉCOLES FRANÇAISE ET HOLLANDAISE

ET D'UN BUSTE EN MARBRE

ATTRIBUÉ A HOUDON

COMPOSANT LA COLLECTION

DE FEU

M. MARTIAL PELLETIER

DONT LA VENTE AURA LIEU

HOTEL DROUOT, SALLE N° 3

Le Jeudi 28 Avril 1870

A 3 HEURES PRÉCISES

PAR LE MINISTÈRE DE Me CHARLES OUDART, COMMISSAIRE-PRISEUR

26, boulevard des Italiens

ASSISTÉ DE M. ÉMILE BARRE, EXPERT

20, Chaussée d'Antin

Chez lesquels se délivre le présent Catalogue

EXPOSITIONS

PARTICULIÈRE, LE MARDI 26 AVRIL 1870

PUBLIQUE, LE MERCREDI 27 AVRIL

de 1 heure à 6 heures.

CONDITIONS DE LA VENTE

Elle sera faite au comptant.

Les acquéreurs payeront *cinq pour cent* en sus du prix d'adjudication.

L'Exposition mettant le public à même de se rendre compte de l'état & de la nature des tableaux, il ne sera admis aucune réclamation une fois l'adjudication prononcée.

Cette charmante collection, que feu M. Pelletier, amateur non-seulement de tableaux, mais encore de médailles & de gravures, avait rassemblée avec le goût & le tact le plus exquis, ne se compose que de quarante tableaux, mais tous de premier choix.

Ne voulant pas tout citer, nous nous contenterons d'appeler l'attention des amateurs sur quelques œuvres hors ligne, entre autres un superbe portrait de Franz Hals, digne pendant de celui qui eut tant de retentissement à la vente Van Brienen, représentant un élégant cavalier, en costume de l'époque de Louis XIII, tenant une badine à la main & se balançant sur sa chaise. Nous ferons aussi remarquer un merveilleux paysage de Rembrandt, effet d'orage, donnant une juste idée des qualités de cet habile artiste à interpréter la nature sous ses aspects les plus vrais & les plus saisissants ; ensuite un très-beau portrait d'Élisabeth de France, par Rubens ; un autre *charmant petit portrait d'un ton argentin, par* Gonzalès Coques, *connu sous le nom de l'Enfant au miroir; enfin citons encore un petit panneau d'un fini précieux par* François Mieris le Vieux, *dont les œuvres sont des plus rares; un paysage avec cours d'eau de l'inimitable artiste* van der Heyde, *tableau que* van de Velde *a orné de personnages microscopiques, & puis un petit portrait équestre du duc d'Olivarès par* Velasquez, *& enfin diverses œuvres de premier ordre de* Terburg, Wynants, Jean Steen *& autres.*

Dans l'école française il faut distinguer un délicieux intérieur de S. Chardin, *que la gravure a reproduit; un beau portrait de* Rigaud; *un lumineux échantillon de* Watteau, *qui a été gravé, & diverses œuvres de* Largillière, Greuze *& autres.*

Nous terminerons en recommandant aux amateurs un charmant petit buste d'enfant en marbre, attribué à Houdon.

DÉSIGNATION

VAN ARTOIS

1. — Paysage avec cours d'eau.

Au premier plan, sur un tertre dominant une rivière, un paysan est occupé à pêcher. Au fond, quelques bouquets d'arbres dont la silhouette se perd à l'horizon.

Toile. — H. 90 c.; L. 70 c.

BAKHUYSEN

(Signé & daté 1664)

2 — Mer calme.

Au premier plan, des pêcheurs sont occupés à débarquer leurs marchandises, tandis qu'un vaisseau de guerre annonce son arrivée en tirant une bordée. Dans le fond, des barques de pêche.

Collection du docteur Esmernis, 1840.

Collection Thibaudeau.

Toile. — H. 32 c.; l. 40 c.

BOL (FERDINAND)

3. — Portrait de jeune dame.

Elle est représentée à mi-corps, tête nue, la gorge couverte d'une chemisette blanche, & portant un collier autour du cou.

Toile. — H. 55 c.; l. 44 c.

CARRACHE (ANNIBAL)

4. — Jésus & la Samaritaine.

Toile ovale. — H. 78 c.; l. 66 c.

CHARDIN (S.)

5. — La Lettre.

Une jeune femme, assise près d'une table couverte d'un tapis, tient une lettre fermée qu'elle s'apprête à cacheter; un valet est occupé à allumer une bougie, tandis que le chien saute sur les genoux de sa maîtresse.

Ce tableau est gravé.

Cuivre. — H. 24 c.; l. 25 c.

COQUES (Gonzalès)

6. — Le Miroir.

Un jeune garçon, à la mine espiègle, est représenté tête nue les coudes appuyés sur une table, & tenant dans les mains un miroir dans lequel il semble prendre plaisir à se contempler.

Charmante peinture dans la manière blonde du maître.

Bois. — H. 25 c.; l. 20 c.

CIGNANI (Carlo)

7. — Tête de jeune femme.

Ce tableau provient de la vente du peintre Vien & servit de modèle à David, son élève, pour une tête d'expression de son tableau l'*Enlèvement des Sabines*.

Toile. — H. 38 c.; l. 32 c.

VAN DYCK (A.)

8. — La Vierge & l'enfant Jésus.

La Vierge, en extase, a la tête couverte d'une draperie bleue tombant sur ses épaules; elle tient l'enfant Jésus debout sur ses genoux.

Superbe tableau dans la belle manière de l'artiste, & parfaitement conservé.

Ancienne collection Monnerot.

Toile. — H. 00 c.; l. 00 c.

VAN DER DOES

9. — Paysage avec animaux.

Au premier plan, des moutons au repos. Près de là, une femme
est occupée à donner à manger à des chiens.

Bois. — H. 26 c.; l. 20 c.

ESSELENS (Jacob)

(Signé)

10. — Plage à marée basse.

Au premier plan, sur le sable, un groupe de pêcheurs est
occupé aux apprêts du départ. Dans le fond, des barques atten-
dent la marée favorable.

Dans ce tableau d'un piquant effet, les figures sont peintes
par Adrien van de Velde.

Collection du comte de Perregaux.

Toile. — H. 25 c.; l. 32 c.

GREUZE (J.-B.)

11. — L'Effroi.

Une jeune femme, la poitrine à demi découverte & saisie de
terreur, est représentée en buste, & les cheveux retenus par un
ruban.

Pastel. — H. 40 c.; l. 32 c.

HALS (Franz)

(Signé)

12. — Portrait d'un seigneur en costume de l'époque de Louis XIII.

Il est représenté en pied, vêtu d'un costume noir, la tête couverte d'un feutre à larges bords. Assis sur un tabouret aux vives couleurs, il se balance, les jambes croisées, en tenant une badine à la main.

Œuvre d'un superbe effet & très-rare à rencontrer dans ces conditions de qualité & de grandeur.

Toile. — H. 54 c.; l. 41 c.

VAN DER HEYDE

(Signé)

13. — Entrée de la ville de Haarlem.

Un ancien château fort flanqué de tours & tourelles en briques garde l'entrée de la ville, dont on aperçoit à droite les toits des maisons au-dessus d'un massif d'arbres. A gauche, une belle allée d'arbres dont les silhouettes se profilent sur la terre, éclairée par un soleil levant. Au bas du château coule une rivière dans laquelle on voit des baigneurs & quelques cygnes.

Tableau d'une finesse exquise, dont les figures sont peintes par Adrien van de Velde.

Bois. — H. 41 c.; l. 56 c.

HEEM (David de)

14. — Nature morte.

Sur une table à demi couverte par un tapis bleu sont posés des raisins, des cerises , un citron à moitié pelé & deux verres. Peinture d'une très-fine exécution.

Bois. — H. 30 c.; l. 24 c.

HEEM (David de)

15. — Nature morte.

Des raisins, des pêches, grenades & pastèques sortent d'une corne à boire.

Toile. — H. 42 c.; l. 56 c.

HOOG (Pierre de)

16. — Le Marchand de beurre.

Dans l'antichambre d'un palais où l'on voit un garde faire sa faction, un marchand a apporté deux petits tonneaux contenant sa marchandise, qu'une servante, accompagnée d'un enfant, vient d'examiner. Une dame en robe de satin, tenant une orange à la main, cause avec un personnage vêtu de noir, tandis que le marchand compte son argent.

Cet intérieur est éclairé par la vive lumière du jour qui passe par une porte à demi ouverte.

Toile. — H. 96 c.; l. 80 c.

HUGTEMBURG

17. — La Halte au camp.

Des dames & des seigneurs à cheval, en costume de l'époque de Louis XIV, se sont arrêtés à une cantine pour se désaltérer. — A gauche, des groupes de paysans & d'enfants sont assis par terre. — Dans le fond on aperçoit des tentes & des groupes de soldats.

Toile. — H. 55 c.; l. 68 c.

LEDUC (Jean)

18. — Intérieur de corps de garde.

Au premier plan, où sont posés des drapeaux & quelques pièces d'armures, on aperçoit un soldat occupé à fumer, & une courtisane en robe de satin blanc appuyée sur son épaule. — Dans le fond, hommes & femmes se divertissent à boire & à fumer.

Bois. — H. 34 c.; l. 29 c.

LANCRET

19. — Le Repas champêtre.

Autour d'une table où l'on voit les restes d'un repas, & à l'entrée d'un bois, divers groupes de dames & de seigneurs sont occupés à jouer & à causer. Au second plan, une dame se livre au plaisir de l'escarpolette.

Bois. — H. 51 c.; l. 64 c.

LARGILLIÈRE

20. — Portrait du chancelier Maupeou.

Il est représenté en buste, avec un costume noir & un rabat de dentelle.

Toile ovale. — H. 62 c.; l. 52 c.

MARATTE (Carle)

21. — La Vierge & l'enfant Jésus.

Une sainte se met sous la protection de la Vierge, & des saints sont en extase devant elle & son divin fils.

Toile. — H. 52 c.; l. 30 c.

MIÉRIS (François, *le vieux*)

(Signé & daté 1680)

22. — La Courtisane.

Une femme, les seins nus, couchée sur un divan, tient d'une main un collier de perles, & de l'autre des sacs d'où pendent des cachets. Près d'elle, un personnage en costume de satin violet & la tête ornée d'un feutre noir.

Tableau d'une précieuse exécution & d'une parfaite conservation.

Bois. — H. 34 c.; l. 28 c.

MAAS (Nicolas)

23. — Portrait de dame de qualité.

Elle est représentée à mi-corps, vêtue d'un costume noir, avec collier de perles autour du cou.

Bois. — H. 40 c.; l. 30 c.

MAAS (Dirk.)

24. — Chasse au cerf.

Au bord d'une rivière, à la sortie d'une forêt, un seigneur & une dame à cheval regardent un cerf poursuivi par une meute & des cavaliers. Au fond, un paysage montagneux & boisé.

Toile. — H. 50 c.; l. 64 c.

VAN DER NEER

25. — Effet de neige.

Sur un canal glacé, un grand nombre de personnages de toutes conditions sont occupés à patiner. Dans le fond, aux rayons d'un soleil levant, se dessine la silhouette d'un village.

Bois. — H. 29 c.; l. 48 c.

POELEMBURG

26. — La Sortie du bain.

Dans un paysage montagneux & au bord d'un cours d'eau,
on voit une nymphe entourée de ses suivantes, occupées des
soins de sa toilette. Dans les airs voltige un groupe d'Amours.

Cuivre. — H. 24 c.; l. 30 c.

REMBRANDT

(Signé)

27. — L'Orage.

Au premier plan, un cours d'eau bordant quelques maisons
rustiques d'un village dont on aperçoit le clocher; dans le fond
la foudre éclate & un éclair projette une lumière des plus vives
sur ce paysage, dont le coup d'œil est vraiment magique.
Ce tableau a été gravé par Claessens.

Bois. — H. 30 c.; l. 43 c.

RIGAUD

28. — Portrait de l'artiste.

Il est représenté à mi-corps, la tête nue & les épaules cou-
vertes d'un manteau cramoisi.

Toile. — H. 70 c.; l. 54 c.

RUBENS

29. — Portrait d'Élisabeth de France, reine d'Espagne.

Elle est représentée en buste, vêtue d'un riche costume orné de broderies, sur lequel tombe un collier de perles. Une fraise à double rang de dentelles entoure son cou, une plume & quelques perles lui servent d'ornement dans les cheveux.

Ce tableau, d'un superbe coloris, est gravé par Pontius.

Toile. — H. 60 c.; l. 51 c.

STEEN (JEAN)

(Signé)

30. — Le Repas maigre.

Dans un intérieur rustique, une famille de paysans est assise autour d'un tonneau servant de table, & est occupée à dévorer un maigre plat de moules. A côté, un jeune garçon regarde un vieillard compter son argent. Dans le fond, éclairé par une fenêtre vitrée & une porte ouverte, un homme debout, près de son chevalet, & un autre occupé à broyer des couleurs.

Ce tableau, dans la manière fine & argentine du maître, est gravé.

Bois. — H. 30 c.; l. 40 c.

SNEYDERS

31. — Nature morte.

Sur une table couverte d'un tapis rouge sont placées diverses pièces de gibier, des fruits & des légumes; à gauche, un singe joue avec des pêches & des pommes; dans le bas, un chien se jette sur une lamproie.

Bois. — H. 34 c.; l. 50 c.

SUBLEYRAS

32. — La Tentation.

Sujet tiré des Contes de La Fontaine.

Bois. — H. 20 c.; l. 14 c.

TERBURG (G.)

33. — Portrait de dame de qualité.

Elle est représentée en pied & debout dans un intérieur d'appartement; elle est vêtue d'une robe noire avec jupe de satin blanc, la tête couverte d'une coiffe & une guimpe de riche dentelle tombant sur les épaules. Près d'elle, une table couverte d'un tapis de velours, sur laquelle on voit un coffret à bijoux & un éventail; de l'autre côté, un fauteuil Louis XIII. Très-précieux échantillon du maître.

Toile. — H. 64 c.; l. 52 c.

TRÉMOLIÈRE

34. — Sujet allégorique.

Des Amours jouent & voltigent autour d'un vase orné d'un bas-relief.

Toile. — H. 58 c.; l. 37 c.

VELASQUEZ

35. — Portrait du duc d'Olivarès.

Il est représenté fièrement campé sur un cheval lancé au galop, & tenant son chapeau orné de plumes à la main. Un chien suit le pas du cheval.

Toile. — H. 36 c.; l. 28 c.

VRIES (DE)

(Signé)

36. — Entrée de forêt.

Au premier plan, un cours d'eau & des pêcheurs occupés à retirer leurs filets; au second plan, sur un terrain élevé orné de grands arbres, on aperçoit un seigneur à cheval partant pour la chasse. Dans le fond, un superbe paysage accidenté dont la vue se perd dans un horizon des plus vaporeux.

Dans ce tableau, chef-d'œuvre du maître, les figures sont peintes par Adrien van de Velde.

Toile. — H. 65 c.; l. 52 c.

WITT (E. DE)

37. — Intérieur d'un temple protestant.

Un grand nombre de personnages, les uns assis, les autres
debout, écoutent un prédicateur placé au centre d'une église
dont les colonnes sont éclairées de la façon la plus originale par
la plus vive lumière du jour.

Bois. — **H**. 46 c.; l. 35 c.

WYNANTS (J.)

(Signé)

38. — Paysage avec cours d'eau & figures.

Sur une route bordée d'un côté par un monticule sablon-
neux, & de l'autre par une rivière, on aperçoit des piétons &
des cavaliers.

Bois. — **H**. 24 c.; l. 30 c.

WATTEAU (A.)

39. — Le Concert champêtre.

Près de la statue du dieu Pan, un jeune seigneur est aux
pieds d'une dame vêtue d'une robe blanche & tenant une gui-
tare; au second plan, Pierrot, Mascarille & autres personnages
de la Comédie italienne.

Toile. — **H**. 40 c.; l. 32 c.

ZEEMANN

40. — Marine.

Sur une mer calme d'où sortent quelques pointes de rochers,
on aperçoit plusieurs vaisseaux de guerre à l'ancre.

Bois. — H. 22 c.; l. 29 c.

PARIS. — J. CLAYE, IMPRIMEUR, 7, RUE SAINT-BENOIT. — [694]

1 F. Mieris La Courtisane
2. Zeeman - Mer calme
3 - signé J. R - Plage à marée basse
4 - Wynants - environs d Thévénot
5 - V. der Meer. Effet de neige
6 - Van de Does. Moutons au repos
7   Rembrandt. paysage
8 - G. Coques - L'enfant au miroir
9 - Mardin - La lettre
10 - Ostade - intérieur
11 - G. ...berg - Dame
12 - J. Bol - Portrait
13 - Vries - entrée bois
14 - Rubens - Portrait Élisabeth
15   F. Hals - Portrait de cavalier
16 - de Witt - Intérieur d'église
17 - V. der Heyden Vue de Harlem
18 - Maes - Portrait de dame
19 - de Heem - Fruits et citrons
20 - ... Déjeuner
21 - V. Uden - paysage de Hollande
22 - ...inburg - le camp
23 - Snyders - gibier et fruits
24 - Heem - La corne d'abondance
25 - Dirk Maes. Chasse au cerf
26 - ...huysen - ...

27. Subleyras — [illegible]
28 — [illegible]
29 — [illegible]
30 — [illegible]
31 — [illegible]
32 — [illegible]
33 — [illegible]
34 — [illegible]
35 — [illegible]
36 — [illegible]

37 — [illegible]
38 — [illegible]
39 — [illegible]
40 — [illegible]
41 — [illegible]